Décembre 1903.

Vente DENIÈRE

COMMISSAIRES-PRISEURS :

Me Henri BERNIER, 11, Rue Saint-Lazare;

Me Frédéric LECOCQ, 41, Rue Richer.

IMPRIMERIE MAULDE ET RENOU

MAULDE, DOUMENC & Cie

IMPRIMEURS DE LA COMPAGNIE DES COMMISSAIRES-PRISEURS

Rue de Rivoli, 144

Deuxième Vente DENIÈRE

(Maison DENIÈRE, 15, rue Vivienne)

BEAUX BRONZES

d'Art, d'Éclairage et d'Ameublement

Fers forgés, Cheminées, Marbres, Terres cuites, Statuettes
Lustres, Suspensions, Lanternes
Cartels, Pendules, Candélabres, Lampes
Lampadaire, Appliques, Flambeaux, Jardinières, Coupes
Vases, Glaces, Panneau vernis Martin
Objets divers

Vente par suite de décès de M. DENIÈRE

Requête de M. MÉNAGE, Administrateur judiciaire

HOTEL DROUOT — SALLE N° 12

Les Mardi 15 et Mercredi 16 Décembre 1903

A DEUX HEURES

Par le ministère de :

Me H. BERNIER	**Me F. LECOCQ**
COMMISSAIRE-PRISEUR	COMMISSAIRE-PRISEUR
11, rue Saint-Lazare, 11	41, rue Richer, 41

ASSISTÉS DE

M. A. BOUCHÉ, *Expert, 54, Boulevard du Temple.*
M. L. GASTAMBIDE, *Expert, 49, rue Sainte-Anne.*
M. Henri LEPESQUEUR, *Expert, Boulev. Magenta 49.*

EXPOSITION PUBLIQUE

Le Lundi 14 Décembre 1903, de 2 heures à 6 heures

PARIS — 1903

CONDITIONS DE LA VENTE

La Vente sera faite **expressément au comptant.**

Les Acquéreurs paieront, en sus des adjudications, **dix pour cent.**

L'Exposition mettant le public à même de se rendre compte de l'état des objets, il ne sera admis aucune réclamation une fois l'**adjudication prononcée.**

MAULDE, DOUMENC et Cie, imprimeurs de la Cie des Commissaires-Priseurs, rue de Rivoli, 144. 1300 – 15398

DÉSIGNATION

RAMPE FER FORGÉ

240 — Départ de rampe style **Louis XVI,** fer forgé et Bronze doré

CHEMINÉES

241 — Grande Cheminée style **Louis XIV,** marbre rouge Languedoc, 2 Enfants Bronze patiné, avec buste d'Empereur romain, marbre blanc statuaire, Ornements Bronze doré.

242 — Cheminée style **Louis XIV**, marbre griotte, Têtes de femme et ornements Bronze doré, (3 plaques cheminée fonte). VERSAILLES.

243 — Cheminée style **Louis XIV**, marbre rouge veiné.

244 — Cheminée monumentale de style **Renaissance**, en bois sculpté. Ornements, guirlandes de fruits et bas-reliefs **Enfants Saisons**, Bronze patiné et doré.

245 — Cheminée style **Louis XVI**, marbre blanc veiné.

MARBRES

246 — Grande Statue marbre blanc **La Zingara dansant**, socle marbre griotte.

CLÉSINGER, Rome 1858.

247 — Buste marbre blanc **Hélène**.

CLÉSINGER, Rome 1860.

248 — Buste marbre blanc **Pâris**.

CLÉSINGER, Rome 1860.

249 — Buste marbre blanc **Dame romaine**.

CLÉSINGER. Rome 1860.

TERRES CUITES

250 — Buste de Femme, terre cuite, socle bois noir.

A. CARRIER.

251 — Trois statuettes Enfants **Vigne,** terre cuite.

252 — Mufle de **Lion,** terre cuite.

253 — Buste de Femme avec coiffure ornée de plumes, socle bois noir, terre cuite.

STATUETTES

254 — Statuette **Cérès,** Bronze, socle marbre rouge royal.

255 — Statuette **Galatée,** Bronze patiné.

D'après CARRIER-BELLEUSE.

256 — Statuette **Cujas,** Bronze patiné.

257 — Statuette **Montaigne,** Bronze patiné.

258 — Statuette **Michel-Ange,** Bronze patiné.

259 — Statuette **Raphaël,** Bronze patiné.

260 — Statuette **Léda,** Bronze patiné.

261 — Statuette **Cromwell,** Bronze patiné, base marbre griotte.

262 — Groupe Bronze, **Japonais terrassant un crocodile.**

263 — Groupe, **Chasseur et Chiens.**

264 — Un **Paon,** Bronze doré.

265 — Statuette **Pudicité,** Bronze patiné.

266 — Groupe Bronze patiné, **Musique et Poésie.**

LUSTRES

267 — Lustre style **Louis XIII,** Bronze verni or à 9 lumières à gaz.

268 — Plafonnier style **Louis XV,** Bronze verni or à électricité

269 — Veilleuse style **Louis XVI,** Bronze doré à six lumières, trois bustes de femme et cristal rouge.

270 — Lustre Bronze verni or à l'électricité, style **Louis XV,** à 20 lumières, garni de cristaux.

271 — Lustre Bronze verni or à 9 lumières style **Louis XV.**

272 — Veilleuse Bronze verni or à 8 lumières, style **Louis XVI,** lampes électriques à l'intérieur.

273 — Lustre Bronze verni or à l'électricité, **Amours,** 13 lumières.

274 — Lustre Bronze verni or, style **Régence,** à l'électricité, 9 lumières.

275 — Lustre verre de **Venise**, 6 lumières.

276 — Lustre style **Louis XIII,** boule et enfilage ajourés cuivre poli, à 12 lumières.

277 — Lustre style **Renaissance**, Bronze verni or, 12 lumières.

278 — Lustre style **Empire,** Bronze doré et cristaux, émail bleu, 4 statuettes de femmes, 16 lumières.

279 — Lustre **Japonais** à 10 lumières, décor or Tonkin.

280 — Petit Lustre **Flamand,** Bronze poli, 12 lumières à l'électricité.

281 — Petit Lustre **Flamand,** cuivre poli 6 lumières.

282 — Plafonnier Bronze doré, style **Louis XIV,** 5 lumières à l'électricité.

283 — Plafonnier Bronze verni or, style **Louis XV**, à 5 lampes à l'électricité.

284 — Demi-lustre Bronze doré et cristaux, style **Louis XVI,** draperie, 12 lumières.

285 — Lustre Bronze verni or à épis et Vase à guirlandes, 18 lumières à l'électricité.

286 — Demi-lustre Bronze doré, style **Louis XVI**, balustre à lauriers, 11 lumières à l'électricité.

287 — Lustre fer ciselé et doré, style **Louis XIV**, cristaux, 18 lumières.

288 — Lustre Bronze verni or à l'électricité, style **Louis XV**, Enfants volant.

289 — Lustres à cœurs, Bronze doré style **Louis XIV**, 20 lumières à l'électricité, cristaux.

290 — Lustre bronze doré à potence, cristaux, 3 lumières à l'électricité.

291 — Lustre Bronze verni or, cristaux, 18 lumières à l'électricité.

292 — Lustre style **Louis XVI**, Bronze doré, balustre à lauriers, 18 lumières.

293 — Lustre semblable au précédent, réduit à 15 lumières, Bronze doré.

294 — Petit lustre **Gothique**, Bronze poli à 9 lumières, formant veilleuse.

295 — Lustre style **Louis XVI**, Bronze verni or, à 18 lumières, cristaux.

296 — Lustre Bronze verni or, style **Louis XV**, à l'électricité, cristaux, 30 lumières.

297 — Lustre Bronze verni or, de style **Louis XVI,** à 12 lumières, **Têtes de béliers**.

298 — Plafonnier Bronze doré, style **Louis XVI,** garni de cristaux, 5 lampes électriques.

SUSPENSIONS

299 — Grande Suspension style **Louis XIV**, cuivre poli, 4 lampes et 24 bougies.

300 — Suspension style **Louis XIII,** à dôme, cuivre poli.

LYRES

301 — Deux Lyres à gaz et électricité, Bronze doré, style **Louis XV**.

302 — Deux Lyres semblables, Bronze verni or.

LANTERNES

303 — Trois grandes Lanternes Bronze verni or. (*Ce lot pourra être divisé*).

304 — Deux lanternes Bronze doré, styles **Louis XV** et **Louis XVI**.

CARTELS

305 — Cartel Bronze doré, **Tête de Femme** et **Vase**.

306 — Cartel Bronze doré et argenté, style **Louis XV, Enfant aux colombes.**

307 — Cartel Bronze doré, style **Louis XVI**, Vase à draperie et volutes.

308 — Cartel style **Louis XVI**, Œil-de-Bœuf, Bronze doré, Ruban et lauriers.

309 — Cartel style **Louis XVI**, Bronze doré, Vase à feuilles de laurier.

310 — Cartel Bronze doré, style **Louis XVI**, Guirlande de chêne, surmonté d'un Brûle-parfums.

311 — Cartel Bronze doré style **Louis XVI,** Tulipe et Guirlandes chêne.

312 — Cartel style **Louis XV**, Bronze doré.

SAINT-GERMAIN.

—∞∞—

PENDULES

313 Grande Pendule, Bronze doré, style **Louis XV,** rocaille.

Deux Candélabres d'accompagnement, à 7 lumières.

314 Grande Pendule, style **Louis XIV,** Bronze doré, vase à têtes de lion.

Deux Candélabres d'accompagnement à 10 lumières.

315 Pendule style **Louis XIV,** Bronze poli. Statuette **Renommée.**

Deux Candélabres d'accompagnement à 9 lumières.

316 Pendule cuivre poli, style **Louis XIII.**

Deux Candélabres d'accompagnement à 8 lumières.

316 — Socle-Pendule, Bronze doré.

317 Pendule, socle **rocaille**, Bronze doré, groupe de trois **Femmes dansant**, Bronze patiné.

Deux Candélabres d'accompagnement à 7 lumières.

318 — Pendule socle marbre griotte, avec statuette **Marie Leczinska,** Bronze patiné.

319 — Pendule socle marbre vert de mer, surmontée d'une statuette **Danseuse Égyptienne**, Bronze patiné.

320 Pendule style **Louis XIV,** Bronze doré, **Les Parques**, pieds à griffes, vase à trépied.

Deux Candélabres d'accompagnement, Bronze doré à 7 lumières.

321 Pendule style **Louis XIV, Les Parques**, Bronze doré, pieds à griffes, vase à trépied.

Deux Candélabres d'accompagnement, à gaine, 9 lumières, Bronze doré.

322 — *(Supprimé).*

323 — Pendule style **Empire,** marbre noir à colonnes, Bronze doré.

324 — Pendule **chinoise**, à **Dragons,** plaques, émaux cloisonnés, Bronze patiné.

325 — Pendule style **Louis XVI, Aigle** sur socle marbre blanc, Bronze doré.

FORTY.

326 Pendule socle **Louis XVI,** à consoles marbre bleu turquin, groupe Bronze doré, **Vénus aux Colombes.**

Deux Candélabres d'accompagnement, bouquets à 6 lumières.

327 Pendule style **Louis XVI**, en pâte tendre, à colonne et coupe à médaillons, monture Bronze doré.

Deux Candélabres d'accompagnement à 2 lumières, **Buste d'Enfant.**

328 Pendule cuivre poli, style **Louis XIII**.

Deux Candélabres d'accompagnement à 5 lumières.

329 Pendule socle Bronze doré, style **Louis XVI,** sujet **Musique et Poésie**, Bronze patiné.

Deux Candélabres d'accompagnement, bouquet de 8 lumières.

330 — Pendule bronze doré, style **Louis XIV,** surmontée d'un vase de Versailles, Bronze patiné.

331 — Grande Pendule marqueterie, style **Louis XIV**, surmontée d'une statuette **Le Temps,** Bronze doré.

332 Socle-Pendule Bronze doré, style **Louis XVI,** marbre griotte, à bandeau, groupe de deux **Faunes** et **Bacchante**, d'après Clodion.

Deux Candélabres d'accompagnement, vase à draperie et tête de Vestale, 7 lumières.

333 Pendule socle **Louis XVI,** marbre bleu turquin et Bronze doré, avec groupe **Amour enchaîné.**

Deux Candélabres d'accompagnement à 7 lumières, marbre bleu turquin et Bronze doré.

334 Pendule bronze doré, style **Louis XIV,** à console et têtes de lions.

Deux Candélabres d'accompagnement à 7 lumières.

CANDÉLABRES

335 — Deux Candélabres style **Louis XIV,** sujet **Nègre et Négresse,** Bouquets, dix lumières, Bronze doré et patiné.

336 — Candélabre Bronze doré style **Louis XVI,** à huit lumières, sujet **Indien**, Bronze platiné.

337 — Deux Candélabres Bronze doré, style **Louis XV**, Enfant à trois lumières.

338 — Deux Candélabres, style **Louis XVI**, vase d'après CLODION, Bronze patiné, bouquets de roses et œillets, Bronze doré.

339 — Deux Candélabres style **Louis XVI**, à cassolette marbre blanc et trois consoles à têtes de femmes, sept lumières, base marbre bleu turquin.

340 — Deux Girandoles Bronze doré style **Louis XVI**, à deux lumières.

341 — Deux Candélabres style **Louis XVI**, vase Bronze patiné (d'après CLODION), bouquet sept lumières, Bronze doré.

342 — Deux Candélabres style **Louis XIV**, à consoles, pieds à griffes, dix lumières Bronze doré.

343 — Deux Girandoles style **Empire**, Bronze doré, à trois lumières.

344 — Deux Candélabres style **Louis XVI**, vase bleui, guirlandes de chêne, anses Faune, bouquet sept lumières, Bronze doré.

345 Deux Candélabres style **Louis XVI**, vase marbre blanc et guirlandes, têtes de béliers, sept lumières, Bronze doré.

346 — Deux grands Candélabres, **vase** en cloisonné, bouquet chinois à treize lumières.

347 — Girandole Bronze doré et cristaux style **Louis XVI**, à sept lumières.

348 — Deux Candélabres **Femme**, Bouquet, sept lumières, Bronze doré et patiné sur base marbre blanc.

LAMPES

349 — Lampe pétrole **Enfant**, Bronze patiné, socle marbre griotte.

350 — Deux Lampes en marbre **griotte**, ornements Bronze doré.

351 — Deux Lampes vase **Clodion**, Bronze doré et patiné.

352 — Deux Lampes porcelaine de **Chine**, décor bleu, monture Bronze chinois.

353 — Deux Lampes **vase** émail cloisonné, monture Bronze noir et or.

354 — Deux Lampes **chinoises**, porcelaine fond turquoise, monture Bronze.

355 — Deux Lampes vase **Clodion**, Bronze patiné.

356 — Deux Bras porte-lampes, Bronze patiné.

357 — Deux Bras porte-lampes **hollandais**, cuivre poli à l'électricité.

LAMPADAIRE

358 — Lampadaire Bronze verni or style **Louis XIII**, balustre à draperies, six lumières, à gaz.

APPLIQUES

359 — Deux Appliques Bronze verni or, au gaz et à l'électricité style **Louis XVI**.

360 — Deux Appliques à l'électricité, Bronze verni or, style **Louis XV**, trois lumières.

FONTAINEBLEAU.

361 — Deux Appliques à mascaron, style **Louis XIV**, à cinq lumières. Bronze doré.

362 — Deux Appliques Bronze doré style **Louis XVI**, à deux lumières, vase à guirlandes.

363 — Deux Appliques à gaz, fer forgé, trois lumières, feuilles relevées au marteau.

364 — *(Supprimé)*.

365 — Deux Appliques Bronze doré et cristaux, cinq lumières.

366 — Deux Bras style **Louis XVI**, Bronze doré à trois lumières, Enfant supportant un vase.

367 — Deux Bras style **Louis XVI**, Bronze verni or à cinq lumières, vase lauriers.

368 — Deux Bras style **Louis XVI**, Bronze verni or carquois, grosse flamme trois lumières.

369 — Deux Bras style **Louis XIV**, Bronze verni or à deux lumières, **Enfant gaîne.**

370 — Deux bras Bronze verni or style **Louis XVI**, tête de mascaron, deux lumières à l'électricité.

371 — Deux Bras style **Renaissance**, Bronze doré cariatides ailées, trois lumières à l'électricité.

372 — Deux Bras, style **Renaissance** Bronze verni or cariatides, deux lumières à l'électricité.

373 — Deux Bras style **Louis XIV**, Bronze doré, mascaron, trois lumières à l'électricité.

374 — Deux Bras style **Louis XVI**, Bronze doré, couronne de lauriers, dix lumières.

375 — Deux Bras Bronze verni or style **Louis XVI**, à trois lumières Tête de cerf.

376 — Deux Bras Bronze verni or style **Louis XV**, cinq branches de chêne, à l'électricité.

377 — Deux Bras style **Louis XIV**, Bronze doré, vase à cariatides, trois lumières.

378 — Deux Bras style **Louis XVI**, Bronze verni or, **Têtes de béliers**, guirlandes de chêne à trois lumières.

379 — Deux Lampes appliques Bronze verni or à l'électricité style **Louis XV**.

380 — Un grand Bras Bronze verni or style **Louis XV**, trois lumières à l'électricité.

381 — Bras **Louis XV**, à trois lumières, Bronze verni or, à l'électricité.

382 — Deux Bras d'applique Bronze verni or et cristaux, chute de fleurs, cinq lumières style **Louis XVI**.

383 — Deux Bras d'applique style **Louis XVI**, Bronze doré, à **Carquois**, cinq lumières.

384 — Deux Bras d'applique Bronze doré et cristaux style **Louis XVI**, cinq lumières.

385 — Deux Bras Bronze verni or style **Louis XIV**, **Satyres**, deux lumières à l'électricité.

386 — Deux Bras Bronze verni or style **Louis XVI**, **Cor de chasse**, une lumière à l'électricité.

387 Deux Bras style **Louis XVI**, Bronze verni or, **Amours ailés**, trois lumières à l'électricité.

388 — Deux Bras style **Louis XVI**, à deux lumières Bronze verni or, **Peau de lion**.

389 —Deux Appliques Bronze doré style **Louis XVI**, **Enfant**, deux lumières.

390 — Deux Appliques Bronze doré style **Louis XV**, à deux lumières.

391 — Deux Bras Bronze verni or, tête de **mascaron**, trois lumières au gaz et à l'électricité.

392 — Deux Bras style **Louis XIV**, Bronze doré, tête de satyre, à l'électricité.

393 — Un seul Bras, Bronze doré, style **Louis XIV**, à l'électricité.

394 — Deux Appliques **Hollandaises**, cuivre poli à cinq lumières au gaz.

395 — Deux Appliques style **Rocaille**, Bronze verni, or, tête de Neptune, sept lumières.

396 — Deux Bras Bronze doré style **Louis XVI**, vase à guirlande, têtes de faune, trois lumières.

FLAMBEAUX

397 — Deux Flambeaux Bronze doré, style **Louis XIV**, balustre torse.

398 — Deux Flambeaux Bronze doré, style **Louis XV**, 3 têtes de faunes.

399 — Deux Flambeaux Bronze verni or, style **Louis XVI**.

400 — Flambeau de jeu Bronze doré à 3 lumières, pied **mascarons**, avec abat-jour bleui.

401 — Deux Bouts-de-Table Bronze verni or, style **Louis XIV**, à 3 lumières.

402 — Deux Flambeaux Bronze doré, style **Louis XIV**, à balustre.

403 — Deux Flambeaux Bronze doré, style **Louis XIV**, à balustre torse.

404 — Deux Flambeaux style **Louis XVI**, Bronze doré.

405 — Deux Flambeaux style **Henri II**, balustre ajouré, Bronze patiné sur or.

406 — Deux Flambeaux style **Empire**, Bronze poli.

407 — Deux Flambeaux cassolettes Bronze argenté, têtes d'aigles style **Louis XVI.**

408 — Deux Flambeaux semblables, Bronze doré.

409 — Deux Flambeaux Bronze verni or style **Renaissance**.

410 — Deux Flambeaux Bronze doré, style **Louis XIV**, pieds à godrons, têtes de satyre.

411 — Deux Flambeaux **Vénitiens** à 4 lumières, cuivre poli.

412 — Deux Flambeaux style **Louis XVI**, Bronze doré, têtes de béliers, pied 3 urnes.

413 — Deux Flambeaux Bronze **chinois.**

414 — Deux Flambeaux Bronze verni or, pied carré, style **Louis XIV**.

JARDINIÈRES

415 — Jardinière Bronze doré, style **Louis XIV**, à guirlandes et têtes de femme, marbre griotte.

416 — Jardinière Bronze **japonais**.

417 — Grande Jardinière **japonaise**, Bronze patiné, sur grand support bois noir.

COUPES

418 — Deux Coupes style **Renaissance** Bronze doré, émaux de Limoges.

419 — Deux Coupes Bronze doré style **Renaissance.**

420 — Deux Coupes style **Renaissance** Bronze argenté et doré, pied marbre vert de mer.

VASES

421 — Deux Vases Bronze **japonais,** anses à tête d'éléphant.

422 — Vase Bronze **japonais,** ornements en relief, anses poissons.

423 — Petit Vase Bronze **japonais**, osier, anses bambou.

424 — Petit Vase bronze **japonais** carré.

425 — Vase porcelaine **craquelée,** sujet bleu.

426 — Vase **Satzuma** à fleurs.

GLACES

427 — Glace style **Louis XIII** fer forgé et doré.

428 — Une Glace style **Louis XVI** à crossette et fronton bois doré.

428 *bis* — Grande Glace style **Louis XIV**, cadre bois.

OBJETS DIVERS

429 — Panneau vernis Martin, **Femmes allégoriques**.

430 — Une Esquisse **Enlèvement**.

430 *bis* — Un Portrait **Louis XV** fonte de fer, cire perdue.

431 — Deux Culs-de-Lampe style **Louis XV**, tête de **Mercure**, Bronze doré.

432 — Deux Bas-Reliefs **Chevaux** d'après Fratin, Bronze patiné.

433 — Ecran Bronze verni or, style **Louis XV**, têtes d'enfant.

434 — Deux Chenets **Aigle**, base Bronze verni.

435 — Pelle et Pincettes Bronze verni or, style **Louis XV**.

436 — Croissant serpent, Bronze verni or, style **Louis XVI**, pour pelle et pincettes.

437 — Deux Supports bois noir, genre **chinois**.

438 — Bol Bronze **japonais** à arabesques.

439 — Deux Assiettes en **cloisonné**.

440 — *(Supprimé)*.

441 — Deux Compotiers Bronze doré à **guirlandes**.

442 — Grand Plat cuivre repoussé, **Guerriers**.

443 — Tabouret **chinois** Bronze patiné et doré.

444 — Trois Tabourets bois, **Enfants cariatides**.

445 — Une Corbeille ovale style **Louis XIV**, console tête de femme cuivre poli.

446 — Objets omis.

www.ingramcontent.com/pod-product-compliance
Ingram Content Group UK Ltd.
Pitfield, Milton Keynes, MK11 3LW, UK
UKHW020228180726
13838UKWH00005B/2266

9 782329 348049